金烏

楊佳嫻詩集

目次

美聲抒情女高音　陳義芝　008
無與有的詩　楊牧　014
愛與哀愁同等獨裁　鯨向海　019

泥金箋

回信　030
夜宴　032
微悟　034
日安，憂鬱　037
鍛鍊　040

荷戟

暴力華爾滋　046
革命者向黑夜撤退　048
在詩淪亡的前夕　051
小說課　054
黃昏之蛾　057
大水之夜　059

埊土——夜讀杜思妥也夫斯基《地下室手記》有感 061
馬戲結束後穿越廣場 065

天亦老

大別 070
全部 073
歧路 076
悲傷 078
房間 081
假想敵 083
誤認 085
霧中電影 088
原諒 094
遲疑一 098
遲疑二 099
五衰 100

屏息的文明

瘖寐 104
有人 106
屏息的文明 108
大子夜歌 111
狡童之歌 113
聞弦 116
求索 119
冠蓋之外 121
蚩尤四首 123

十年

信物 130
在遙遠的水灣 133
夢得 135
破曉 138
我的天使 141
聽聲十二行 143

漫遊十二行 145
浪迹十二行 147
在古典的課室中 149
在雨夜的太空艙 152
永生 一 158
永生 二 159
永生 三 161
守候一張香港來的明信片 162
小節 165
原諒 167
微雨黃昏過圖書館 169
魔術 171
複數的小月亮
紀元消逝後的…… 176
微微 180
餘威 183
牴觸 185

天河畔 187
旅次 191
歸程 194
我們的花樣年華 一 196
我們的花樣年華 二 199
我們的花樣年華 三 202

雙生

我在你的現場 206
時間從不理會我們的美好 209
霧季，請小心行駛 212
記載 215
冬戀 219
涉渡者 223
在北京致詩人某 226
木瓜詩 232
致孤獨燦爛不後悔的那些 235

推薦序

美聲抒情女高音

——佳嫻詩集《金烏》

陳義芝

許是後現代主義的誤解給了一些寫作者「解放的勇氣」，寫詩變得輕佻、鬆懈，往往以無目標的新怪嘗試為準則，詩作得來隨意倉促。摒棄掉古典傳統的厚度、現代主義的深度，於是就只能耍點形式上的小把戲，或說說家常無聊了。

借戲曲行當言，一齣好戲不可能以插科打諢為主體，青衣在旦行裡占著最主要的位置，正因其唱功繁重，能於端淑嫻靜中展現清麗、纏綿、飄逸的表演藝術。青衣培植不易，先天的資質要好，後天的工夫更不可少。在美學價值易混淆的現代詩壇，楊佳嫻筆底的美聲抒情，瀟灑中透著堅貞風采，表情豐富，無愧於中青世代正旦青衣的地位，一如中壯世代的陳育虹，同屬陽春白雪。

佳嫻的《金烏》（二〇一三）係《屏息的文明》（二〇〇三）的新版，「去掉若干舊作，加入若干新作」，金烏即神話裡的太陽。加入的新作共十七首，是她近幾年繳出的成績單，頗有專櫃精品的質地。「金烏」意象出現在第五首〈鍛鍊〉，用來形容刻骨銘心的情人：

在詩裡，你是全部街燈
雨季，消逝的金烏，
小晴朗夜的月暈——你是
它們的父親

金烏，存在於心頭、意識，夜以繼日，陰晴皆然。「你是全部街燈」，不只是對「你」的形容而已，由街燈帶出街廓，還照映敘述者八方尋索的身影；「你是它們的父親」，「它們」指月暈，月暈的父親自是最強光了。此詩最後一節懷疑他日相晤之前，自己能否復活：

頭髮裡留存著煤屑
肩胛處仍有棘刺
我是什麼都不怕的（是嗎）
即使你像一把利刃
投入我懷抱

「煤屑」、「棘刺」代表折磨的痕記。沒有了你，就不可能復活，則唯存的希望在相晤，而今的隔離視之為「鍛鍊」——鍛鍊我能更強悍地接納你，哪怕「你像一把利刃／投入我懷抱」。這種抒情姿態發出的新世紀女性的聲音，亦見於〈全部〉：「像一只子宮／剝落全部的裡面」、「我願拔除你如同鐵釘／使我首與體分開」，既迥異於流行文化中隨用隨拋的情愛觀，也超越了蓉子世代或林徽因世代的溫婉立場。這種情愛最迷人深刻的就是大膽吐露臨淵走險的心，而且不惜形銷骨滅，如同《楚辭．山鬼》發自靈山雲澤一縷幽幽的泣訴，果然是「在襟而為血／在心則為詩」《牴觸》。

佳嫻的語言、構思在雅潔中常織染著十分現代新鮮的光澤，試看同一首詩的句子：

我們不見
我們仍然牴觸
空氣中是昨日的你或我
不肯讓路

「牴觸」、「不肯讓路」在此衍生了難捨的情境語義，遙接《詩經》「求之不得，寤寐思服。悠哉悠哉，輾轉反側」的咨嗟詠歎，透出沉痛的詩意。《金烏》中長於心情摹寫、意象創造，又能融會古典、化煉新感覺的例子很多：

我知道我正行經一處斷橋／我知道你並不會在傷口那裡等我
（〈旅次〉）

彷彿淪陷許久以後／鬼魂歸返舊址／扶手上仍掛著那年的傘
（〈歸程〉）

如葡萄酒／傾倒在你的沙場
（〈牴觸〉）

流利飄盪，入神而妙，是我對抒情詩的讚譽，我讀佳嫻的詩，每每感受到她這等脫俗的才情。二〇〇三年她出版第一本詩集時，楊牧作序表示「竦然，喜悅」；鯨向海則期望有詩壇的「天山童姥」能給她詩藝「正義且體貼」的評價，顯然在十年前她就擁有了詩人的席位。我虛長她一個世代，追蹤閱讀她的詩多年，包括《你的聲音充滿時間》、《少女維特》，斗轉星移，確實為她展現的無限風光驚奇、欣喜！

佳嫻今秋正式受聘清華大學任教，我一面為她高興，一面又擔心制式的學院規矩，會不會消磨掉她寫詩的絕色。

二〇一三年九月二十一日寫於台北翠山

推薦序

無與有的詩

——楊佳嫻詩集序

楊牧

有一種說法強調詩本來無中生有。我在某種程度上也頗能同情這樣的理論，甚至曾經很認真地參與思考，討論，在一首唐詩裡見證到詩的背景是零，前景是一，而零加一等於一，「一首詩遂以零始，以一終——此之謂無中生有」：千山鳥飛絕，萬徑人蹤滅。孤舟簑笠翁，獨釣寒江雪。

讀楊佳嫻的詩，我們發現有些思維辨證的方法，或我們一向習見的文字策略，多少已經改變了。我認為其中教我們驚異，甚至為之停頓的各種謀篇結構特殊之現象，乃是一世代蓄意的改變，而恐怕不只是偶然如何就和前此的詩學原則悖離而已。這樣說，是為點出新世代詩人筆下所趨，所追求的，可能是有意的對傳統美學之修正，而不僅只企圖於實際創作有所異於先行代。我相信我們不但允許，而且樂見，有人能於舊世紀遞向新世紀之交，豁然拾路，選擇了前人一度忽視的方向，優游迴轉，看似冒進，實為果敢，因此就發現了一些可以遵循，探索向前的蹊徑。取佳嫻自己的詩合讀，我感覺如此；取佳嫻和她同世代穎秀作者的詩合讀，更使我欣然無疑，確實如此。

這其中所涵含的意義，確實，不能不教我們竦然，繼之以喜悅。蓋詩本來是無中生有的。我們曾經以傳統的理論加以解析，並且也從另一個角度切入，視之若原子之運動於物理的領域，加以證明，確實它本來就是無中生有，同時無損其美學質地與倫理價值。然而，世界上永遠不乏徘徊門外的閒人，偶值無中生有之說，遂和之以菩提明鏡一類的傳聞，誣指實有為虛無之空言，以為此中乾坤奧秘，充滿了禪脈之道理，使我們不但覺得疑惑，甚至為詩之遭遇這種無端之詆毀感到可惜。

質言之，我們讀佳嫻的詩，首先不免以為，無中生有，不管從傳統層面或從物理領域觀察，似乎並無巴鼻可識，則神秘主義的佛禪之類更屬風馬牛不相及的東西。何則？有一種詩是「有中生有」。

有是基礎意象，例如一組熟悉與不熟悉的藻荇，裙襬，光和河魚，香氣，女子涉水，腿脛上的文字，菅芒劃傷的線痕等等，結合而生出「癖寐」的聯想，則縱使「癖寐」在古典詩歌裡本有它固定的指涉，遂於這個過程裡轉化，漸染了現代或甚至後現代的情調；若干觀畫人感動之餘，認識那些意象，但只有一個人聽見波聲溢出畫框，而這人實際上就是前面聽到裙襬窸窣，聞到香氣魅祟的人。而有的意義錯落放置，看似靜態的詞彙集體而已，但其實是有機的組合，竟能於交叉作用當下，產生一全新，超越之有，橫跨時間和空間，獨立存在之有。相類似的佈局結構尤見於一首叫〈五衰〉的詩——顯然是一首具相當策略性的詩。所謂五衰，本是天人必須經歷的輪迴前期身心之大崩潰，其中奧義非常人所能完全領會，然而死滅乃是不可避免的，而且死滅之前，那缺憾的覺悟更是絕對期候著他的：「當我死時」，引出一系列委棄和寂寥的畏懼。這裡，詩人廣泛製作參差多變的場域，情緒，並且毫不靦腆地使用傳統文學的典故，有些更桀桰，承襲自定型的辭藻如「千里江陵」和「行人春山外」之類，以之對照「南移冰山」和「愛情的威尼斯」，使彼此賴以各別成立，而修辭系統突擊發光，遂產生一首新詩。這裡的五衰顯然已經摒棄它的釋氏經典的原始意義。然則不然，我們聽到這樣悠悠的喟歎：「當我死時」，如是者五次，我們的畏懼也巨大無邊而深沉，為詩人新創的空白，沉鬱：

當我死時，你的催眠中我將不再甦醒
不笑，不皺眉，不為誰偏執

如此決絕的手勢，或者連手勢都沒有，沉靜地聆聽水聲，在落葉中坐化。

其實，我認為佳嫻（和她的同世代）何必如此決絕？我的意思是，詩的創造本來也容許無限變化，其過程快速緩慢或率直或曲折，都不是我們可以鎖定的。但這些不難調解。天人五衰，生滅輪迴，凡事似無有可逃於紅塵人間者，所以就坦然面對，不再甦醒。其實，有時候遲疑一些也很好，如我看到的兩首短詩，曰〈遲疑　一〉，曰〈遲疑　二〉，精緻游移如此，則遲疑再三又有何不可？在這個大環境裡思考，詩恐怕終於就是無中生有。

二〇〇三年元月　南港

註：本文原載於《屏息的文明》，二〇〇三年，木馬文化。

推薦序

愛與哀愁同等獨裁

——關於楊佳嫻及其《屏息的文明》二三秘辛

鯨向海

我在某年冷氣團大軍於此城市盤旋不去的聖誕節，認識了身穿火紅大衣的楊佳嫻，那像是一個駕雪橇帶來歡樂的人，「此刻我神情鮮豔／億萬條微血管都酗了酒」，餽贈給我許多熱情和詩意。她自小就是個文藝青年，四處參加文藝營為生。我此生唯一參加的幾個營隊裡，她也在其中，只是當時我們並不認識。雖然如此，我還是忍不住問她：「當時是否注意到我？」她大笑幾聲，用巨大溫暖的眼神瞪視著我，然後認真地說：「你那時非常年輕。」這就是我們神秘而不可理喻的默契了。

我的詩和佳嫻的有本質上的差距。她心裡有幾個文學上的典範，都是博學有才氣的人物，她常在自己的網站上為詩為文不斷向他們的文風與人格致意。我則偏愛一些野生的想像，創造力層出不窮的魂靈，而那往往還沒成為典範或者抗拒著所謂典範。她詩中的自然經驗大部分和過往的詩文傳統是一致的，她選擇用以訴說或者暗藏情緒的事物，如「窗口」、「雨聲」、「沿岸」、「星座」、「月光」、「經書」、「門」等等班底，我們並不會感到奇異陌生。繼承了詩國度裡，諸位意象與美學帝王們的年號和皇旗，她的血統顯得格外正派光明，總是有些驕傲地說：「為什麼那些大詩人寫過的題材我就不能再寫？」然而那些已經在文學集體潛意識中長滿灰塵的意象，經過她纖纖玉手敲打入新科技的媒介中，便嘖嘖地重新發出了奪目的光輝，這是她的天賦她的本事。又或在詩中的小說課堂上冥想魯迅，或者幻想自己如細雨穿越李賀的房間，或和蚩尤一同混跡於動物與鬼神之中，凡此種種：「你乾涸的哭聲內包著果核／哽著我閱讀的喉嚨」，詩彷彿她與各類經典重新發想與對話的講堂書院。她推崇楊牧所說「應景應制的東西，我想不是我們在追求的」；而必須是穿越時空限制的

「永遠的現代詩」。她自己也曾高歌：「我們既漂泊又安定／坐如魚而臥如雁／在經典中腹語」。

然而她卻明明是個通曉時下流行文化的傢伙。她的詩固然鮮少出現手機、名牌或者PUB等等事物，天曉得她評論起這些現代性配備，卻是熟極而爛的大行家。有次前往某高中名女校評文學獎，平日嘴裡盡是菁英文學的她，眼望著底下無數充滿夢想的少女們，當下引用起流行歌手的歌詞作為巧喻，一時正派文學與大眾通俗文化共冶一爐，讓那些初入文學殿堂的年輕心靈為之激動不已。有時聊到酣處，我也會狡獪地建議她寫些貼近搞笑人生展現本性的題材，譬如統聯客運上的有趣廣告或者KTV包廂搶奪麥克風的事件等等；她總是熱烈地響應但從來就沒有真正完成過一首。她的詩世界隱隱然有著不容侵犯的美學秩序，那些宿命般必然與現實生活相互抗衡著的人文構思，恐怕連她自己也難以控制地繁衍成一處純然形上的精神場域。這可以對照她所說的：「讓嗜字者持續書寫的最大動力，就是可以讓我們在現實的城市之上，按照自己的藍圖建造另一座炫麗的精神城池。」

佳嫻愛說自己是嚴肅苦悶的，儘管常常搞笑，像一個臨時喜劇演員，但內心潛藏著諸多莫測的哀感傷愁。她經常在自己的網站毫不容情地批評副刊上的專欄或者某個敷衍塞責的創作者，即使引起爭論，也不在乎。敢愛敢恨的性格，造就了她「愛與哀愁同等獨裁」的詩帝國。其中既遵守著天生麗質的文字品味和經典教養，也同時用鐵鞭、鐵鎚和匕首馴服著讀者；這是她巨大的文明所以令人屏息：不管是「一些思想在鴟梟裂鳴中驚起」的大子夜歌型，或者像是「直接以誠實的頭骨向痛苦行禮」的暴力華爾滋類，讀之都是讓靈魂七步見血的心驚。「而我們耽溺於暴力／最初的夢被對折再對折／無聊或者死亡／享受悲劇的樂趣」，這裡的暴力，是對她心目中的美學與理想國度的開疆拓土所採取之攻略手段；乃一種以暴制暴，抵抗外在世界的無聊與衰朽的必要之惡。我有時會以為她的文學品味未免太過專斷獨裁，但或者就是這樣高蹈絕對的美學傾向，使得她的作品風格出眾，而她顯然也因此充滿了高度的自信。如在領取網路年度詩人獎的會場，她曾毫不謙虛地表達了自己應當得到這個獎賞。

而佳嫻的情詩，是一處期待著絕對敏銳與領悟的戰慄美地：「讓你看見我變成一滴未融的霞色拋向／宿命的銅杯」。那隱喻的核心似乎總是拒斥著「不懂愛」或者「不會想像愛」的讀者的；每一首情詩光熱的目的都是為了不偏不倚抵達那個唯一的「愛人讀者」的內心。其中容攝了情感的百般樣貌，忽而豪壯如「我是脫掉了戰甲的雅典娜」，忽而溫柔地訴說「最寒冷的時候，你把我摺起來／像一方小小的手帕／放在胸前的口袋」；堪堪成為當代最完整的戀愛教戰手冊。但我們若只是被那松木如塔中研究羽毛的少年，或紀元消逝後重啟愛情信史的革命軍等種種臨床徵狀所迷惑，必然會忽略底下暗藏的另一層「哀愁」的病因本質——那知識分子式的，屬於自傲信仰與獻祭儀式的「隔著海，我們靜默地喊話／像怎麼樣都無法穿破濃霧的光束」。於是「時間的易逝」與「小眾的孤獨」成了最重要的命題，那是〈時間從不理會我們的美好〉（此詩借用羅智成的詩句為題），也是「我們美好的連神都忌妒」的勢單力孤。在許多首詩中，長期被聲嘶力竭呼喚著的「我們」，除了解讀為「以石子沉沒於江心的快感／我們的見面充滿慾望」那類情愛關係，更像是幻想中一群思想契合的族人：「當暴雨季開拔了八百哩／我們乞求唯一之身形⋯⋯天秤兩端，我們是／等重的鐵與棉花」。〈雅教斷簡〉一詩中她將自己的處境自比為文學貴族，藉著那些宮殿與儀典的追索，發出「優雅是唯一的宿命」的豪語，可說是這種「怎麼可能沒有怨怒呢」之「哀愁」的全面爆發。

這是佳嫺的第一本詩集。從她生平的第一首詩那個歌頌「春天的裙裾」的中學女孩，到一九九八年在網路上貼出第一首詩那個說「我的夢還很瘦，哦是的／甚至可以穿越過現實的牆壁／穿越過那些灰色的雨滴而不被淋濕……」那個大學女生，這其中多少有「一將功成萬骨枯」的意味。事實上早在一年前，她就已經完成了第一本原生詩集，那個版本和現在呈現在各位讀者眼前的這本，又毫不容情地砍殺了更多她所謂的「少作」。她曾經在一篇應邀書寫對同輩詩人觀感的文章結尾中提到：「我很喜歡『我們』現在的狀態，在閱讀和觀摩中摸索，震盪，對於前世代的美學和知識非常注意，但也不放棄探尋新的突圍方式。較令人焦慮的，可能是時間感的加速，比如過去的詩人可能十年轉一風格，而大量利用網路發表與寫作則使得寫作速度和量都提高，但讀者胃口大，天天上網瀏覽，如果這三個月的風格都頗相類，就會被指責沒有進步……」「風格」是每一個世代的詩人永恆的焦慮。從早先我在她那本自製詩集中的序寫道「此詩集乍看歌舞昇平，其實飛花墜葉皆可傷人，希望過路人等閱讀小心」，到近幾月她寫詩的速度變得緩慢，作品也顯得沉穩，比之往昔的「鍛句」，現在更要求「境界」。

我們可以理解在她經歷過這麼多暴雨如銼的艱險書寫之後，想要追求的一種也無風雨也無晴的境地，如她說過的：「我很不願意把思考和書寫一直停留在對於宏偉事物的自我想像，那些炫麗的修辭，不足以表達真正細密的情感千萬分之一；即使我從很早就體會到，作品動人的力量來自於樸素的心靈，讓情感從裂縫湧現，而非自己替它妝點，仍然放任自己製造了太多浮麗而壯觀的假象。有時候，僅僅是誠實地寫出一連串動作，或者是讓眼光游移的動線層次浮現，就具備了巨大的情分和幽微的空間感。」但如此迅速地跳過青春時期的狂放銳氣，而直接來到了女皇攬鏡沉思的暮年，這「生理年齡」和「詩思年齡」的過大差距，是否還有可以斡旋、辯證的餘地？比較分別寫於二〇〇〇年和二〇〇二年的兩首同名的〈原諒〉，兩年前在詩中忿忿地訴說「變動過的板塊永不癒合」、在陰影下見證靈魂的巨大割禮的拾骨者，而今變成了靜靜「看白鷗沿海岸線逸去／藤蘿翻過舊欄杆」，默默地「吹滅了燈火，回到各自星宿」的某人；此其中風格的轉變正是「彷彿午後看著／光從右頁移至左頁／那樣遙遠」，那是心境上的也是境界上的，孰優孰劣，不同的讀者或者有不同的偏好吧。如果讓我來當編者製作一本楊佳嫻的詩集，那應當是不同的風貌，譬如我可能不會捨棄像是這樣更年少的楊佳嫻：「金色城池般的魏晉啊／也慢慢溽濕起來」或者「馬車正在融化／我必須以更緩慢的速度／等待一個充滿南瓜與老鼠的樂園」。

《天龍八部》裡，當虛竹背著天山童姥為了躲避李秋水跌下萬丈深淵，卻意外地被慕容復的「斗轉星移」一送，被段譽「凌波微步」一頂，因之毫髮無損；只聽得童姥有些驚愕地喃喃道：「數十年不下縹緲峰，沒想到世上武學進展如此迅速。」——那思路萬丈深淵的旅程，本毋須言說和表態的累贅；這古遠的讀者和詩擁抱的過程一向進行得如此艱險。我在此代替佳嫻說出她的期盼；但願某個世代某個時節交錯的瞬剎，能巧遇傳聞中功力高深的知音者如詩中的天山童姥，給予一切詩學修為正義且體貼的評價。只因那躲在暗處不斷鍛鍊劍術和掌風的作者之神，永遠比這個鮮少讀詩意願的世界，更加苦悶、更加羞怯。

二〇〇二年十月四日

註：本文原載於《屏息的文明》，二〇〇三年，木馬文化。

泥金箋

回信

你說你曾捲書如捲
幽簾，如捲起湖水與暮雲
在行色中，當大雨
淹沒我和你之間
且近且遠的小徑
你曾如此記得，出門了，
倘若忘了，必然還要
趕回來在房間裡
找到我——當然，
是我的書，千金般的

饋贈，獨秀的貪美的
鹽柱深處的心

以句讀的心情去讀
校對我的肉身那樣
去讀，你說，寫滿了感想，
「當作我自己的筆記本」，
像素描者，鉛筆正勾取世界的
一點線頭，直到把全部
再織回自己裡面
像一個廊下吸菸的人
當風轉向，那些淡遠了的
浸蝕過燃燒過的
便又反撲回來

夜宴

有時候我錯覺你
彷彿就已經在那裡等我
在南方，乾燥如同
渴望的封邑
木棉，船哨與鹽
最裡面的房間
香木如金，弓弦
緊繃如少女
你本是抹了泥煤
微露的貴族

或者是我早已經
在那裡，每一個夜晚
每一分鐘，都像剛剛才到的客人
矜持著衣袖上的香
臉頰側轉，綻放
被簇擁的梔子花
夜宴的燭火
這是鴻門，我們
不確定是否
有去無回

微悟

我仍記得深藍襯衫
夜色般纖維
在你胸骨上方
微微露出一點松針
在春天的綠
閣樓裡黃昏且永恆
白色座椅與壁畫
窗外有時閃過車燈
我們坐擁一襲充滿了
對方的空氣

你是我夜色
暈染出來遙遠的
暗雲，抑或是
松針頂端寫生
檸檬的月光
我是你手背漸淡的燙痕
耳垂下一處凹陷
菸霧中粲然
微仰時浮現繩結

我不確定該拿你來
記事，或者抒情
我不知道你屬於
造字工作，還是考古

你是一個夜晚嗎
夜晚有無數的投影
你是一只玻璃杯嗎
鑑照我
臨淵的魂魄

日安，憂鬱

你時常是不快樂的
晚雲垂降，匿藏
時間如舍利
一枚鎳幣落入
外套的棉絮中
整個冬天你像一面堊牆
你耿耿於懷
那些濕苔
你的不快樂必然不是

一首詩可以治癒
兩首詩也不夠
更多的詩，更多的
另一顆心為你
勞動——也許只是
喝完一瓶酒或者
兩瓶酒那樣
沒有分別

你時常忘記我嗎
當冬雨折返，再一次
覆蓋你與我之間的小徑
可能，你其實記得
我好比那些

遺失密碼的信箋
剩下兩頁就讀完的書
沒有立即清洗
唇印封蠟的玻璃杯

我還可以做些什麼呢
有時候我亦渴望
你要去我的脊骨，我的髮……
燃燒時有光輝
光輝裡有最爽朗的
灰燼

鍛鍊

我想我是碰見了
最強的靈感
在詩裡，你是全部街燈
雨季，消逝的金烏，
小晴朗夜的月暈——你是
它們的父親

我安於延宕
安於檢疫（是我傳染你嗎或
你就是那病）一般的隔離

我一定是平靜的
平靜地一觸，然後
就陷落

猝不及防的花
閃過騎樓，青翼之天使
最尋常的巷口
你指點過的麵攤
忽然，都變成了藏寶圖折疊
過度而破損，風景
窸窣的縫線
甚至我懷疑下一次
晤面以前

我是復活過了
頭髮裡留存著煤屑
肩胛處仍有棘刺
我是什麼都不怕的（是嗎）
即使你像一把利刃
投入我懷抱

荷戟

暴力華爾滋

用槍托打碎太陽
用頭髮勒死聒噪的夜
我抱住天空搖晃，所有的星星都丟下了面具

大霧裡投下愛人的眼睛作柴薪
床單上的經血可以生飲
我越過風雨後淩亂的草原
追趕想要逃走的無數標語

跳舞吧臃腫的冰河

脫掉黑暗脫掉仿冒的智慧
直接以誠實的頭骨向痛苦行禮

一九九九・十一・廿

革命者向黑夜撤退

誰潤澤了泥土
讓紅色的稻穀迅速蔓延
世界太飢餓了
人們往往割下未熟的果實
在囫圇之中噎死

荷著槍渡過急流
魚隻被我們高熱的呼吸煮熟
誰在岸上不死心地揮手？
上膛的夢，從禁閉的深處裡

等候思想扣下板機

邊界游擊的日子裡
我們散步，讀書，思索
從激烈的論辯中提煉金屬
整座秋天的礦脈都探勘過了
葉子還是要落
蟬鳴勝過我們的砲響
還有哪裡可以找到
永不熄滅的火種？

許多城池攻陷了又失去
我們連中彈的時候也能微笑
彷彿一朵血污的玫瑰

有沒有什麼樣的價值
能夠在成為雕像之後不腐朽？
整個憂鬱的軍隊在雨中困頓
一再移動的戰場啊
標靶離開了，逃走了，消逝了
唯革命者靜靜地等待年老

二〇〇一．二．廿八

在詩淪亡的前夕

最叫人悵然的，是稀有的美麗在這極不相稱
的年代仍因過剩而貶值……

——羅智成〈黑色鑲金〉

於是我讓呼喊的聲音
越過這稀薄的大氣
標語和學說淹沒最後一棵樹
光線失去剪裁的對象
城市的避雷針上
穿刺著愛

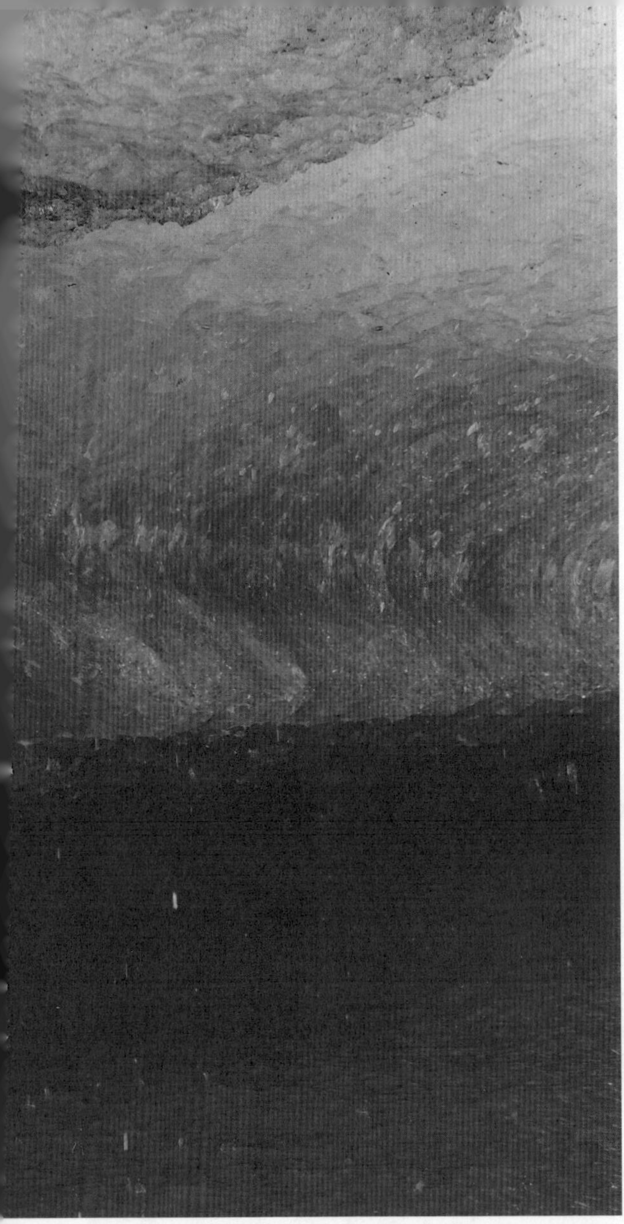

我們高傲的美學
只剩帶血的犄角，浮出冰河

一九九九・十・廿四

小說課

最後的王朝已經消逝
午後課堂上，幾個學生爭辯著
不耐，憤懣，尋找種種線索
攻擊古老的神祇
我收拾書包，默默離開
像一個目睹舊日珠釵被廉價出售的
漂雛的公主

就連學院斑駁的迴梯，憂闇長廊內
那不可言喻的肅穆也無法

再令我感到平靜
碧紗門在風中開闔
日光燈，電扇蠅蠅而轉
不斷有麻雀飛來，和光影爭逐

更遠更遠，灰瓦以及鳳凰樹下
通往圖書館的小徑
鳳凰花蕊心豔麗如人血
許多單車停靠著，腳步雜沓
他們當中是否，有誰是曾經翻閱你
在你的橫眉與赤懷之內
感到屈曲之痛，復仇之快
且和我同樣訝異：深埋於時代岩層內
你是如此年老，如此攲斜

然而，這只是一個冥想的片刻
虛無主義者最後的堡壘皆已敗毀
何況是廢墟深處，金漆剝落
最後的象徵……

二〇〇二．五．七

黃昏之蛾

1.
像一枚斑斕指印
小小的蛾，俯臥於台階
翅膀上琥珀的河流靜止了
我抬頭，無從追問
是哪一盞燈拒絕了牠

2.
街燈背後，星座漸次挪移
排出時間的虛線

我想像當夜掩身上岸
握在詩人手裡的一束晚霞
被揉碎而紛紛散開
變成高速飛行的
一行意象

大水之夜

我們曾經一起在城市下沉的遺蹟裡
挖掘自己的遺骸
那佈滿魚雷和煙花的海面
節慶過去了
審判過去了
被風聲驚醒的人們
紛紛爬上天線觀望旗幟的走向

葉子有焦慮的顏色
河流帶著皺紋下墜

誰能置身於震盪之外呢
穿過靈魂虛掩的門
卻看見整個時代都堆滿了雜物

而我們受傷的手指沿途滴血
道路都被指標佔滿
你還在意甚麼
當愛在顛簸中找不到座位
眼淚一吹就熄
一百年不能寫詩
也無所謂

二〇〇〇・十一・一

堊土

——夜讀杜思妥也夫斯基《地下室手記》有感

撕開表情肅然的岸，撕開
如此擁擠的曠野
你是一頭黑色的樹，一幢凝固的雪暴
從書頁裡側身看我
握著荊棘，敲響整扇冬季
那些人們走慣的橋
是比火柴棒更堅硬的
默認與規則

你看，世界仍然信仰方形的神祇
隔著柵欄參觀某些
過份哲學的猴子
喊叫著讓獸蹄從胸膛踏出來
謀殺別人的影子，兇猛而蹣跚。
夜像血水一樣的淌下來了
我變成敏感的鹽粒
和你一起，腥臊地呼吸

暴力傾向的孩童們，收集了
破爛的陽光
灼傷你虛無的殼，試圖
剪掉不斷分岔的觸角
從霉暗的深處，伸出舌頭

犁開一條長長的鐘聲
我凝視著你
噤語的街道浮在昏黃夢裡
鏡子裡，只看見
潮濕的灰燼

聖彼德堡的路燈都睡了
細密的神經穿過窮人的屋瓦
哀愁自時間牆上龜裂
你仍在地下室裡
咀嚼灰塵，品嘗屈辱的皺紋
和仇恨秘密地交尾
並囤積氣球
在破裂的音樂裡

卑微的笑
「遲鈍和理性是高尚的。」
隱型的標語貼在巨大的棺槨上
你乾涸的哭聲內包著果核
哽著我閱讀的喉嚨
和整片大地
一同腐爛

一九九九・三・廿二

馬戲結束後穿越廣場

我們曾經耽溺於魔術
為了帽子裡的白鴿
巨大的彩色帳蓬內
也許就是變形的動物園
百萬個黑暗物種
擁擠，騷動，為了爭取成為
下一顆被釋放到觀眾席上的星星
一半的人被侏儒催眠
另一半則暈眩在擺盪的繩索上

華麗帳蓬的頂方，一扇天窗推開了
嘩啦拉落下上帝的汗水
我們在潮濕中驚醒
座位凌亂，舞台崩塌
鼓掌聲退潮至夢境外面
彷彿排隊進場的時候打了個盹
世界卻加速前進到了我們不認識的地方

沿著稀薄的記憶，穿越
曾經圍觀著馬戲宣傳車的廣場
回頭看童年還懸浮著
像被拋到半空就凝固的球
小丑離開了，馴獸師的鞭子也長成小樹
突然發現彼此的鬢邊還有

進化未完的金色鬃毛
宛如久別未見的親人
我們嗅聞著甜美的體味
毫不在意暴長的指爪嵌入肩膀
魔術從未結束
整個廣場陰暗如帽簷下的臉
我們流動的身體，是白手套裡
不斷被洗牌的風景

二〇〇一．二．廿七

天亦老

大別

亡魂在亡魂的心
痛苦在痛著的
叫著的那些鹽裡面
眼前還有無限的路麼？
一節一節甘蔗嚼乾了
風化的死膚

青月亮擱在黑血裡
比絕望還耀眼
你能憑恃的是什麼？

挪開那幅贋品畫
暗櫃的接縫
不知去向

應許給你的事物
不要相信
舊了髒了的玻璃杯
裝滿了
借來的夜

也斷過髮
也焚過詩稿
隱遁失落的寶藏啊
空然發出深響

向井中俯瞰——是一張臉
在昨日是水光
在明日是泥濘

全部

我怎能確定你是
你還是雨？
是移動的黑暗
透明的豹紋
還是倏忽追蹤
無預警發作
你是宿醉還是麻疹
是模仿了孩童還是
欺騙時間，是持刀還是
戴花，你的刀誘引了血

你的花朵，預告了
暗中的腐朽
我怎能確定你不是
一種毒藥，苦煉
為蜜，為刺，為針，縫我啊
如縫製死者的皮衣
這世界的餘震
即是我正在痛，痛，是折斷
是阻塞，是無知的一張臉
蝕穿我眼睛深處
把指甲壓回長出來的
那條岩縫
是翻身，讓煎熬更
全面，是忘記你像一次
就一次像一只子宮

剝落全部的裡面
全部，全部，全部，全部
我願剜除我的女性
我願使我自己是一封薄簡
冷凍在貨艙邊角
我願拔除你如同鐵釘
使我首與體分開
掉落，而且自由靜默

歧路

打開肉體的傘
寂寞的雨聲從邊緣
滴落。聽見你以熟練的手勢
剝開我的疲倦與飢餓
彷彿端詳一顆
夭折的果實

一切均處於大寒之中
你以芬芳的陰影
引誘我完成禁錮的儀式

愛比欲望更黏牙
更貼近黑暗的體溫
在體腔裏擴散，並且衰老

路標已經傾斜

而我們耽溺於暴力
最初的夢被對折再對折
無聊或者死亡
享受悲劇的樂趣

一九九九·八·卅一

悲傷

你所不知道的早晨
我依舊最早醒來
掀開棉被
用沾濕的面紙擦拭床單上的經血
氣味暈開了，我的內在
潰散於第一道晨光

想像愛是夭亡的卵子
逃離促迫的城市內壁
你所不知道的夜晚

我依舊最早回家
換衣服時注視鬆垮的皮肉
默默圈點慾望的長句
找不到空隙換氣

時間沖刷我，愛離析我
文明的履帶將我壓平如一片蕨葉化石

而孩童們還在街道上覓食，襤褸，顛簸
群眾屈服於命運，爭相吞食智識之泡沫
烏鴉提煉的陰天
侵蝕我們的頭冠啊

你所不知道的黃昏

我抱著死去的貓穿過廣場
毛絮紛紛，一個敏感的女孩說
下雪了跟日本連續劇一樣
然後打個噴嚏
把城市都弄濕了

按錯鍵的我們
來不及升到那純潔的高度
愛與哀愁同等獨裁
在畫面未曾晾乾的此刻

二〇〇〇・三・卅一

房間

窗戶影印著光
鳳尾草盆栽靜靜坐在陽台上
揮霍著有限的風

時鐘躲在牆角講電話
青春期的女生那樣
秘密交換某一首詩的汗臭

備用鑰匙還藏在鞋櫃裡嗎
生鏽的門閂是不是解僱了呢

唯一確定的，是多年以前吐出的蘋果核
已經枝葉扶疏

你送給我的畫掛在東面牆上
紅色沙灘越出銅框但是
沒有任何海浪拜訪的留言

就好像太久沒洗的馬克杯
記憶的茶渣糜爛著
倒掉了還會留下一圈霉
標記我們曾經停格的那個水位

二〇〇〇・七・十三

假想敵

在此，這一夜的風箱
擠壓著他自己，他自己裡面的
我，我裡面的黑暗
那是礦坑般的肺
那是墓地的積水

他已拔去琴鍵
同時摘去我的手指

啊膽怯的大幽靈

當我以額觸地
如加百列髒污了顏面
當探照的燈
忽然啪一聲關掉——

在我的裡面
隱密的簧片
宇宙最後的樂隊
氣流正鼓動著
心臟如此緊張彷彿
真有那麼一顆子彈
需要抵禦

誤認

一度你以為得到了金蘋果
卻發現它充滿思想
重如鉛球
它也可能黯然
它有月亮般
缺陷的靈魂

一度你以為得到
永遠翻閱不完的古字典
卻發現它也有它

當下的願望

一度你以為鐵軌亂草中
相逢了狐仙
忽然她從煙雲墜落
也有破綻
也流血

一度你以為這深夜如同
魚腹，剖開來，冰綃尺素
連綿的心腸與故事
可觀而不需褻玩
可親而無愛
然而魚腹中也可能

是匕首，是珠釵，或者就僅僅是
我的脊骨

霧中電影

隔著海，我們靜默地喊話
像怎麼樣都無法穿破濃霧的光束
僅僅照亮了淺處的船骸

島上可有和你論劍的隱者
是否，夜半的崗哨
會遇見從前煮字療飢
無詩不成言的
與你一模一樣的少年

你的語氣聽來飄渺
「在星座們都還紊亂地找尋軌道的年代，曾經
我以為得罪天下，只要取悅一人就足夠……」
我幾乎可以瞥見手臂上海浪的紋身
眼瞼深處，潤濕而銳尖的黑巖
你說你已有改變，我伸出手
追憶的光影中無可觸及悲傷的核心
像一部早已拍完的電影
在重複的上映中遺忘了自身
在震顫高潮中睡去

我也許挪移了些什麼當你
從我的地圖中變成陷落的水域
意象的鳥盤旋低鳴

破碎的韻腳如飛沙從彼此
逐漸陌生起來的臉孔上掠過
沒有人留下。沒有人
能見證那一往無返的青春

你曾一再推開，又秘密地牽引著
情感如離岸後陡然轉深的海
被省略的傷，被敘述者裁去的
美麗的憂患啊
你曾是我溫熱臟器間一條金屬的縫線
你曾死去，我卻沒有
看著你醒來再離開

二〇〇一・十一・廿九

原諒

就像黑色陸塊
靜靜漂浮於大氣之臂彎
我背對你，但是
我注視著你
一株南來的棕櫚
不需要思考就可以劃出海洋

城市巨大的光暈
漂白了夜
我們的臉龐再也不能倒映月光

誰把影子留在渡口
哀愁已經過時
彷彿擱在桌上忘了喝掉的
一杯雨聲

我又對誰提起了你
時間的烈日不分季節
一層一層揭去枯死的語言
河流出現又消失
變動過的板塊永不癒合

這是多年前的筆跡
你以諸神的名字作練習
為自己的靈魂舉行盛大割禮

我只是個拾骨者
從陰影下見證痛苦
與神聖

誰是誰的牲品
我在誤解中復活與死去
丟棄了劍，指甲內填滿風屑
我終於決心遺忘從不存在的絲路
像一名憂鬱的羅馬商人

但願我不是虔誠的祆教徒
火種從焦躁的城郭來
又將返回南方
我們滿意於彼此的緘默

秘密開始變藍
不知道哪一刻就會羽化

最後一個夏天
敘述悄悄中斷了呼吸
蝴蝶還飛翔於記憶中十七歲的街道
然而路燈一盞盞熄滅
我們已經離開座位

二〇〇〇・六・二

遲疑 一

織女星緘默著
許多鵲鳥因為等待架橋
而開始瞌睡

那疲憊的男子啊
牽著整座夏日星圖
還在城市深處
向街燈問路

二〇〇〇．七．廿四

遲疑 二

愛情的中古世紀
熱烈的眼神裹著僧袍
在禮拜中彼此腹語

而擁抱進行得如此遲緩
因為躲在暗處的神
比我們更羞怯

二〇〇〇・七・廿五

五衰

當我死時，你不在我身旁
彷彿陳子昂
長安街頭擊碎的琴
剎那雷響
星圖穿出我們飽滿的瞳孔
千里江陵，一頁書就可以說盡
再沒有人反覆打開信件
追索心的軌跡
當我死時，衣服萎蔽
月光閉關不出

不被眷顧的肉體隱居在經典
如是我聞如是我所哀歌者
在眾燈之後被遺忘
當我死時，身前身後
行人於春山外替名字鍍墨
頂禮一首詩或一段軼事
沿雕像滑落的從來都
不是眼淚。當我
當我死去如南移的冰山
雲圍繞著棺槨開放
歷經不同的家譜不同的世系
黑衣的雀鳥們模仿你吟哦
年少的花冠啊遺失在荒廢的階陛
你不在我身旁。你在愛情的威尼斯裡
撐篙，撥水，彎腰行過

我未曾得見的每一座拱橋
當我死時，你的催眠中我將不再甦醒
不笑，不皺眉，不為誰偏執
沉靜如聆聽水聲的僧人
在落葉中坐化

二〇〇〇．十二．十九

屏息的文明

寤寐

藻荇彈奏水流
橋的影子後面有裙襬窸窣
那時候日頭偏北
光和河魚在視野中交合

我知道有香氣魅祟而來
無關乎情感或被風乾收納的
種種願望。僅僅是
女子涉水而過
驚動了正在觀畫的人們

凝視她腿脛上的文字
啊是菅芒葉緣劃傷的線痕

有人說，曾經聽見
終南來的波聲溢出畫框

二〇〇〇·十·五

有人

月明無葉樹，霜滑有風枝

——白居易

月光閱讀過的一棵梧桐
流浪中驀然知返的鳥
不曾熨乾的一捧雪
或者，就有那麼一個人在掩映間
從陰影的缺口
浮現如花香
從不斷移動的小徑

追溯上一個夏天的歷史
那是風穿過走廊吹奏時間之孔竅
那是時間縫製的猶疑與不安
從曠廢的經書裡被釋放
復又鎖入詩句的典故
語言背後有房間
房間裡有海
我在海裡指揮著滿天星群
朝你的窗戶遷徙

二〇〇〇・十・七

屏息的文明

我們情願自己是瘦的
穿過細細的雨到詩人的房間
那時紅爐中描著香篆
靈魂太專注而急著老去
和書頁中的句子一樣掛滿銅綠

柴火都冷了
但硯裡的墨還是暖的
他搓一搓手，前襟略略敞開
啊我們屏氣瞑目

窗前的竹影因他細微的喘息
而發顫，整個世界都暗下來了
只剩半露的肩頸
突出的骨節宛如星宿
彷彿聽見，咳嗽裏帶著痰絲
有人在畫屏深處
彈啞了箜篌

當我們醒來
詩人已經離開書案
擱著的筆管上有久握而泛青的痕跡
紙上斷井頹垣
宮殿還在千百里之外
只有脫落了金箔的鳳凰們

在窗櫺上歇息

二〇〇〇・十・十八

大子夜歌

飲馬長城窟
針葉林沿五官遍佈
一些思想在鴟梟裂鳴中驚起
這往來移動的眼睛
醒了之後才分泌的夢
風吹過來了，有人
搬運著積雪的秘密

掩埋焚過的松柴
噤聲伏行，任苔痕滴落髮腳

有足之虺，無角之鹿
誰在額際埋伏？啊時間節節敗退
我們的魂魄早已衝出寓言的陣地
拉開了皮肉，抱著落下的首級
文字的狼煙又何能拯救
壓箱的慾望

即將閉眼的時刻
隱約聽到遠去的一行蹄聲
達達達達，替我們縫合
霧的裂隙

二〇〇〇·十二·廿

狡童之歌

藤蔓繞過誰的窗口
畫面盡皆暗滅，為了一個人
為了要把永恆的笑
遞給等在圍牆下的一雙手

女神們嬉戲於水涯
衣帶間果實累累
夜晚就停格在這一頁了
朱墨爛然，我們的手心竄出玫瑰

應該把目光投向哪裡呢
赤足的時代，袒露的光陰
人們把詩穿在身上
從不害怕逾牆的夢

維子之故，維心之故
唱歌的人還未舉杯就先醉了
那苦惱的香氣啊
你多想把靈魂藏入密密白茅
沿著無線之譜生長
佔領所有時區

聽見意象渡河的聲響了嗎
我們既漂泊又安定

坐如魚而臥如雁
在經典中腹語

二〇〇〇·十二·廿九

聞弦

月色自起音綻裂
舊瓦霜雪，詩人們尚未寫完
便一一融去
滿山燈燭都滅了
唯有我，秉螢火而立

影無風而搖，樹木彼此纏綿
你以指腹滑過世界的胸肋
沉浮呼吸之際是否
意象如露水紛紛

墜下，如電光
懸空倒飛

你知道的，那等待千年
橫亙于時光核心的聽眾席上
我從不曾投入輪迴

琴音拔高震顫，陡降，觸地而起
遠遠地，我跟著你涉過焰與冰的中央
在波濤蕩漾的時代
我卻無能跨越永恆的門檻
替你拍去琴盒上的沙泥

落葉與離人同舟

最後揮手的，是你
還是被隔音於歷史外的我？

二〇〇一．十二．一

註：唐人盧綸〈河口逢江州朱道士因聽琴〉：「盧山道士夜攜琴，映月相逢辨語音；隱坐霜中彈一弄，滿船商客有歸心。」

求索

霧中城市輪廓隱約
如一匹垂老之獸顫抖的背脊
我們默默地出了城門
周道筆直，上一批軍隊的轍痕
深深印漬著昨夜的雨聲

這已經不是千年前的大旱了
你仍面容震動，陷入回憶：
「曾經，有一尾魚，輾轉
於轍痕中向我腹語……」

你積欠的一瓢水
在典籍內變成肅穆的淚

跋涉過每個時代的強光與暗影
那無法被完整解答的困惑
猶如德行的癥癖
總令我們感到悲傷
與搔癢

二〇二・五・十八

冠蓋之外

光遊過牆頭
濃葉篩透了暑聲
樹下有吹落的蟬衣
窗外，斯人獨
憔悴——閑閑掠過
籬芭上三兩麻雀啄啄
衣袖微動，是遲疑的雲
彷彿還是臨別那日
漸行漸遠，低著頭

感覺長長的草綠得荒涼
路由筆直而至分岐
已經是太遲了
回首，送行的人和你
早隔閡於兩個時代

二〇〇二・七・十七

蚩尤四則

ㄅ・

我記得那些鮮豔的瞬間
當星座還未命名
朱蛇蜿蜒，黑鴉裂鳴
魑魅和人煙在邊界交鋒
金屬的雨季啊正從南方出發

驅使著雲霧和瘴癘
掌中拓印山川的走勢
大步踏過還未著字的神話

我留下模糊的戳印
像一串童稚的，原始的意象

ㄆ·
死亡的一刻裡
歷史沿著虛線剪下
我被隔離到敘述的死角

又過去了幾個千年
我的敵人，據說
變成了一個抽象的水源
灌溉著中國的夢

ㄇ·

眼化為湖而骨竄起成樹
我究竟是猙獰地腐朽了還是
溫柔地融化在泥土中了呢

春天來的時候，在隱密的南方
我飛散的魂魄將托生為花
循風而去，直到補滿整個空白的天

ㄈ·

我已經忘記
最初的夜，火把被點起
貓頭鷹和豹群環繞在腳邊
是怎樣的緣由使我冒著乾渴

去一探那苦寒與荒曠

圖騰不斷挪移，南方
還是癲狂與浪漫的腹地嗎
冬季裡，陌生的北方是否依舊
在乾燥大雪中難以呼吸

我只記得，曾經我赤裸地加入戰役
混跡在動物與鬼神之中
消失了處所

二〇〇一・十・六

十年

信物

我給過你的
你不要再給我
歲月停下來又開走
重複的夏季裡變換過
硝煙與螢火
你沒有給我的那些
原來我當初已經
加倍給過你
你喜歡的老歌手

磨得更老，我們一直沒有
一起去過的港灣
被填得更小
重複的八號風球
變幻的地震
深埋過幾顆子彈
浮世裡難免
浮出胸膛

住過的房間
仍能清晰望見天亮
就漸次熄去的海堤
那一排燈嗎
你為我在信裡

重繪過，你把不變的
風景當作信物
你搬離了那房間
信物有信，而寫信那人
已然查無此人

你怕老的
但是你老了
我給過你的
你又轉贈給時間嗎
而時間給了你的
你卻也如此慷慨
提早給了我

在遙遠的水灣

霧犁開夢境
眾多船隻剔亮了燈
我剛剛自你的睡眠上岸
像露水，滑過疲憊的眉睫

你的窗是靠海的嗎
你的夜晚，是海浪聲縫製的嗎
鷗鳥或夜梟，馬鞍藤，木麻黃，
你的領空盤旋著什麼？
你被流星燙傷過嗎

有沒有人魚愛慕著你呢

我猜想：你一定時常拆下Leonard Cohen的詩句
改造成一隻單桅航船
在海灣裡秘密航行

就這樣靜靜地
立在你起伏的海岸線上
在你睜眼的剎那
消隱在驀然太盛的曙光內

二〇〇二．五．一

夢得

I bit my lip
I buy what I'm told
From the latest hit
To the wisdom of old
But I'm always alone
And my heart is like ice
In my Secret Life

——Leonard Cohen

星河在窗外翻動

循著那些閃爍的光
發現：幽隱的道路如此真確
四周黑暗又如此廣闊。
我們的美麗與痛楚
彷彿巨大圖案中央
小小的破綻

而我徘徊天使墜毀的岸邊
在沙地寫字，寫你的名字
以為掩來又退去的海浪將會記憶
所有的詩句，並且跋涉迢遠
向你覆誦

直到你的孤寂像早晨的霜花

一點一點融去

二〇〇二·五·四

破曉

「我們希望最被計較的人注意——
但這種稀有的事情，
只可能發生在愛情裡。」
——羅智成《寶寶之書》第四十一節

雲的海岸線後
光像年輕的魚般躍出
金色的潮水就要湧入
我倚坐室內，詩集堆㙦手邊

那些偉大且憂愁的名字
陪我整夜不寐，未有倦意

我如何描述你——
在詩，在纏繞的信件
在薄弱記憶和豐盈的想像
像你終於見到我，目光
穿越我的頭髮披瀉於小麥色肩頭
線條還無從掌握
香氣卻洴澼而來

湖面的反光，橋畔之苔
無人的船纜繫於水中央
我信步而過，意象如鳥飛掠

一種謹嚴但是舒適的韻律
當我又回到你面前
回到情感股盪的起點
還是懸然未決：究竟
哪一個字眼才能負載你
向我展示的纖細

二〇〇二·五·七

我的天使

隱藏在你的呼吸中
我時而閃爍，時而黯淡
彷彿一顆還沒決定次序的星辰

觸摸你的思想
鮮血和黃金交疊的線條
我像一個強行靠近太陽的凡人

道路被枝葉隱蔽
枝葉穿織於霧的披風

你是每夜馳騁過我邊界的
那一萬道雷聲嗎

劫難不斷湧生
地震，大旱，斜曲的神殿
被錯傳的詩的奧義
命運嚴苛地論述著世界
但你握住我，那麼憂傷的體溫
如潮汐般拍打靈魂的蕊心

即使我們的愛
只是時間在宇宙的布幕上
孤寂的投影

二〇〇二．五．十六

聽聲十二行

我高高的窗外
星辰曲折地縫綴了晴夜
而你說，你的城市有雨傾盆
島與島之間
時間如琉璃般碎逝
廣袤的海從未縮減它
憂鬱的體積

想對你說的是……
而你想聽見的又是……

在醒時的夢裡，發現
海風一再錯譯我們
隱晦的愛情

二〇〇二．五．廿四

漫游十二行

路遠難致——
因此，我總是怔怔地
感覺風夾帶著夏草的香氣
靜謐穿過長窗，午夜
有松球驀然落地
發出淺脆聲響
你亦驀然自書葉中抬頭
像是想起了什麼。
心有所愛，以為感受可以

和宇宙的尺寸相稱……
即使是在午後長窗
唯有一樹早來的秋色顫顫

二〇〇二・八・廿四

浪迹十二行

河水向西溢出
蘆葦的懷抱，小小的
橋上，幾名孩童倏然探首
擲下語聲
水面如此平靜

盪開來是眼神，恍然地
在誰的胸坎波折著
到了岸會再返來
像一個無限信守的身影

在那浮沉的波心
月光正帶著輕微的宿醉
傍著回憶的肩頭走過

二〇〇二・八・廿四

在古典的課室中

黃昏，一萬支褪色的
光的羽毛向鐘樓背後沉落
電線輕輕晃動，幾隻雀鳥
正紛錯飛去

穿行過圓拱長廊
牆上布告層層疊疊
新白的，泛黃的，風中乾燥地拍響
踩著自己的影子宛如一處
傾斜的晷儀

你說，時光如此漫漶
甚至無法辨認情感的刻度

厚重的柱頭裝飾
窗框典雅瘦長像一名
性情板滯的英國男子
你攜我款款步下青春的樓梯
地磚陳舊，無數手澤蹭磨以致
石質寬版扶手微微發亮
課室內還有你躑躅的身影嗎
光潔的黑板上，沒有一點字跡

以後你再回想此地
我是其中褪色的壁畫

或僅僅是一縷難以捉摸的氣息
你的現實，殖民地的夢
你和你的城市濃縮
變成藏書中
最深僻的典故

二〇〇二・六・廿

在雨夜的太空艙

1.

「你從不在意時差
以及異教徒對我們的攻訐？」
「你不覺得你的問辭太像小說？」

此時，廣漠的太空中
無數薔薇色的隕石碎片
如嘉年華般飛掠歡騰

2.

遠方星爆，圓圓的寶石窗上
出現了一團逐漸暈開又告消散的光
伴隨著細微的震盪
使我們察覺到
原來還有另一個宇宙
存在於彼此眼神之外

3.

讓我們聆聽
幻想的雨聲宛如天國語言
你的額頭停棲在我的胸口
淚水像一串刪節號
整個宇宙依隨你的呼吸

急遽地收縮
不斷有上個世紀的星船遺骸
酒醉般漂流而過

4.
我的頭髮如藤蔓伸展
環繞過你的臟腑
像一幅中世紀妖異的圖畫
但你回身擁抱我
時間被阻擋在睡意之外
整個星圖都讓我們摺疊進
溫暖的衾褥內

5.

我總是比你更早起床
潛入諸神的花園
採集露水般的流星
它們總是，複雜，依戀，
一如你那令我陌生卻喜愛的聲腔

且時時得留意你是否
又在夢境交錯的通道中迷路

6.

喬裝成年輕女子
陪你來到少年們的遊戲場
我們沿著雙子星移動的軌道

找到兩個空著的位置
恰好可以觀看獨角獸和半人馬競技

「下雨了。」你指著窗外
所有的星球像是突然驚醒了一般
太空艙外，光亮如雪地

二〇〇二・六・廿三

永生一

又過了一萬年
目睹你衰老，死去，
一次又一次投入輪迴
像花開滿我無法涉越的彼岸
像一場星雨，遍布
我不能進入的畫中

我在此岸，如你所預言，
永恆地年輕著，孤獨地
年輕著……

二〇〇二．六．廿七

永生 二

又過了一萬年
回到昔日海濱的住處
發現空間如此擁擠
伏案寫詩的我，單獨對著
微弱燈光低泣的我
撥電話給你的我……
每一個被封存的瞬刻
像陷入永恆的時差
在你離去後不曾返回的那個早晨
而窗外的海早已乾涸

殘存的鹽粒，是不合時宜的雪

二〇二二・六・廿七

永生 三

又過了一萬年
我們曾攜手遊歷的海岸
也許伸的更遠，更廣，
變成星船泊靠的碼頭
曾在你肩頭唱給你聽的異國民謠
歷代的水手們均琅琅上口

二〇〇二・六・廿七

守候一張香港來的明信片

一個回歸與出走
均無法被立即決定的年代
熱帶草木依舊蓬勃
耳語如蚊蚋飛翔於大氣
你說，曾在驀然迸開的
煙花中看見：天使墜毀
而歡愉的喊聲剛好蓋過一切

星座是否依舊
沿太古的軌道繞行

意識微涼，當暴雨毫無預警
擊打著書店的窗玻璃
霓虹管是胭脂慢慢溶解
節慶之後，你也許更蕭索了
像半截吸過的菸頭
擱在夢境邊緣，閃爍

時光持續發酵，從鏡中
辨認髮上微微湧出的星霜
夏天街道浮道著酸意
玻璃的稜線起伏
我們各據海角，僅僅能夠得知
新聞標題上彼此城市的輪廓
風向如此猶疑……

你曾許諾的那張明信片
仍未到達。彷彿傍晚的碼頭
一隻鷗鳥凝視水色
你的字跡將對我說些什麼呢
濃霧掩蓋航線，如抵抗一般地
隱約有船引擎隆隆犁開寂靜

二〇〇二．七．十二

小節

簷下，我們緊握著手
仰頭看雲的藻井
像虔誠的朝聖者
雨來的急促
還不曾澆熄池塘內
替我們焚燈的紅荷

水與火，瞬逝與永在
這世界不過是一句不誠實的修辭
你看著我，找尋

一個洩露秘密的標點
那時，雨已經停了
池面還搖盪著
樹影濺開，鞋尖都綠了

而不滅的焰火
卻讓我們像一則太清晰
太鮮豔的神話

二〇〇二．七．廿

原諒

夏天更深了
通往你住處的小徑
一整排蜘蛛百合
像細細的，雪的臉在笑
笑靨之外是模糊的海
海上，島們睡眠著

也許你尋求的正是
這樣一種安靜
世界依舊有新生的美麗

看白鷗沿海岸線逸去
藤蘿翻過舊欄杆
久久不來信的某人
想來，彷彿午後看著
光從右頁移至左頁
那樣遙遠

吹滅了燈火，回到各自的星宿
在互不相疊的軌道中計算
遺忘的刻度。而世界
世界依舊有新生的寂寞
極目望見水上閃爍
一如當年的眼神

二〇〇二・七・廿八

微雨黃昏過圖書館

草地剛剛修整過
雨濺起泥土的氣味
幾枝倖存的白頭蘆葦
雨中靜立宛如
等待被驚動的背影

朱牆上一行細蘿引引而去
腳步過處，兩尾藍蜻蜓驚起
雙雙翻過我的肩膊
窗後燈光熒熒

書櫃沉磊的影子井然
鐘樓上，風鼓盪著
戀人們的低語從階梯下傳來

春初的相逢已是前身了
明年，杜鵑能替我們記得什麼呢
想那時也曾在大道上遠眺此處
惟步履匆匆，不曾數算
真實的距離

二〇〇二・八・八

魔術

住在一本書裡
讓書裡的人扮演你
太像了
好像有兩個你
痛苦的世界一下子
變成雙倍
再讀一次
就變成了三倍
還可以再讀一次嗎

第三章的灰燼
第七章的風雪
第十二章燈又關了
第十六章你又在窗外
遠遠走過來，越來越清楚

我可以離開書
我可以跳下火車
啊外面的世界不過是
這本書的複製
是嗎？可是灰燼
就在指縫間冷去
風雪已經淹到樓梯上
那顆燈泡你修過了還是

壞的。
這些都不是意象
是真的

我朝窗外看去，如果
都是真的
你就應該在那裡——
果然你就走在那條路上
遠遠的，靠過來，那麼
那麼那麼近
穿過我走進書裡
變成了那個扮演你的人

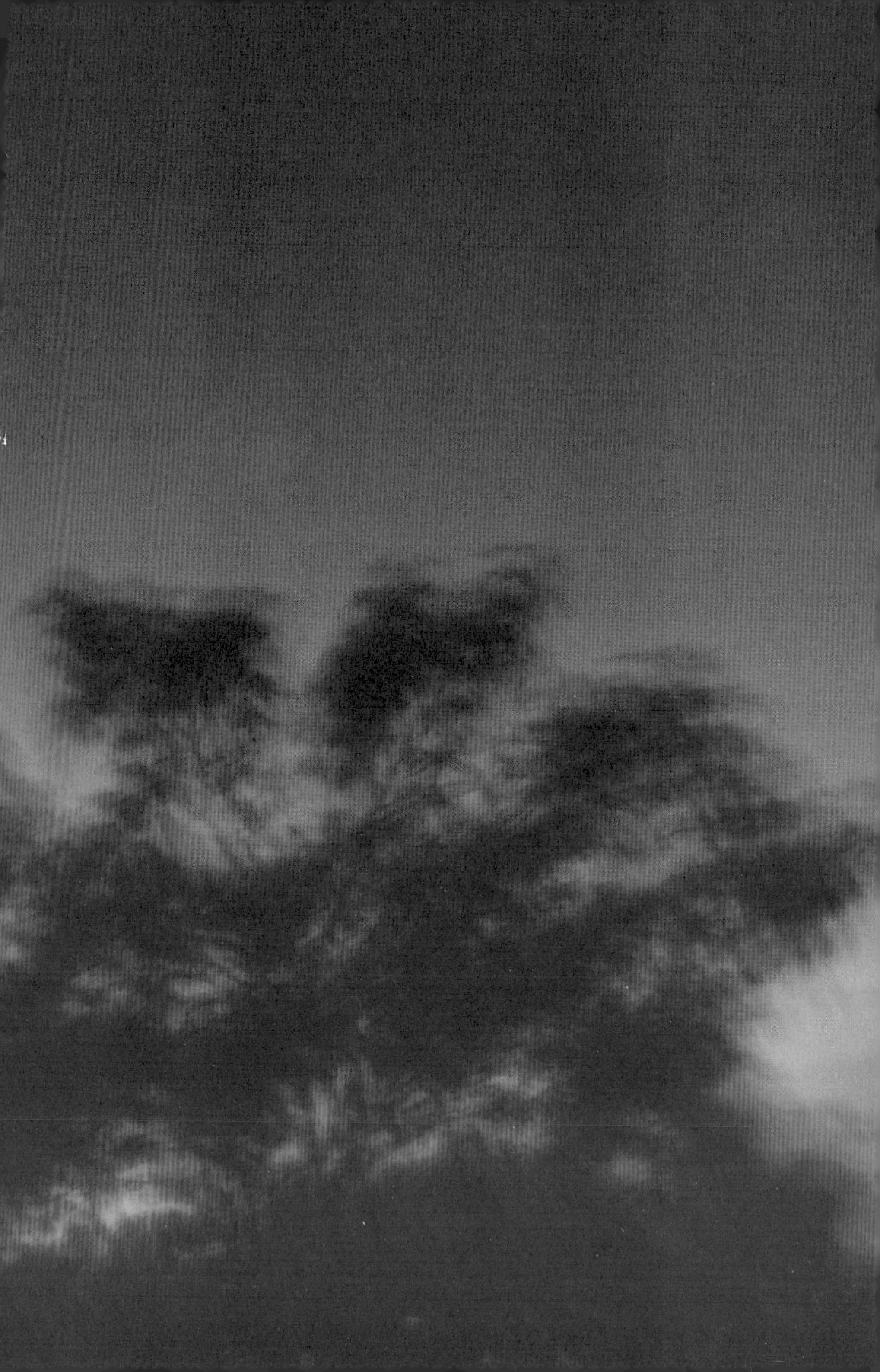

複數的小月亮

紀元消逝後的……

紀元消逝，第一千一百十一年
我們來到棄毀的南方
感性的階級，飢餓的階級
美麗而不被瞭解的革命者們
已然成為巨大的紀念碑

我們無力插手
當相思樹木綻放金屬
麻雀沿街啄食清道夫的臉
廣場上，面色陰鬱的政治家們

為了抗議一名美學犯的釋放而靜坐
我們無力理解那些
太過合理的異變

第一千一百一十一年
我們從夢境中發現彼此

古老的封邑圖書館內
找不到任何優秀或低廉的詩集
只剩一些不起眼的樂譜。
你翻開他們，頭髮沿風線而流動
你的思想透露濃烈的麝香——
「我記得的」，你低低地說
「這是我少年時代學習過的。」

然而巡夜的銅獸已經接近
緊緊握著，你帶我躍出窗外
筆直落入銀色的護城河
我們游至森林，月光盤據空氣
邊陲的農田與牧地上
荒廢的工具橫陳

「……愛情的信史，剛剛開啟。」

我們必須合力創造文字嗎
或者以植物種子和動物腳印排列
記錄這遠離現實的真實？

紀元消逝後的，荒涼的年份

因為撬開了不曾預期的遺蹟
我們得以返回
某種復興……

二〇〇一・十二・六

微微

畫暈開了
琴鍵陷落了
流星如箭而微冰
夜是一隻船
夜是標靶

我們談論河流，泥土，和傘
談論法文書，談論
啊那隻鷺鷥代替月亮
自樹影裡浮出

有一點顛簸

莫非在如此簡短
如同此夜，我可以說我知道
那一首詩那一缽冷卻擱置的茶葉
那一盞追蹤的路燈
它們的奧義

莫非我使你笑，我使夜晚濃縮，
竟也可以說是完成了
音樂，解釋了苦澀，
轉動稀微的光圈
一排微餒微傾在胸口

幽暗之物，自燃之物
這花園空寂而擁擠
我們滿懷不同的心事
散步去黑橋
我從橋上離開
你從橋下流走

餘威

越飄，越遠，越
虛弱的一條緞帶
越想捕捉，越是
滾得老遠的一只和你
一起喝完的空鋁罐
踩住延音板，再放開
胸膛內的水銀燈
攪散這沉墜的黑
闔上這一個冬天的

鋼琴蓋，走出這海角
鹽蝕的門窗
舊町街頭，樹與風皆苦，
乾涸聊備的噴水池邊啊
代替你焚燒，代替我
被捺熄的菸蒂——

我終於承認手裡
花已枯燙
鮫目已黯然
電話紙條因為沉默
而中毒，淡紫，
是你的餘威
是我簌簌震落

牴觸

讓這咫尺
也像是一面盾牌
讓這針葉旋轉晚花燦爛
也可以是刀劍
我們不見
我們仍然牴觸
空氣中是昨日的你或我
不肯讓路
甜美的短兵

相接，在襟而為血
在心則為
詩，那是閃電對夜晚的
許諾那是冥河中
潑喇伸出一只手腕
牢牢握住雲根

我將放棄復讎
我願是不願勝的那一人
形銷，骨滅，
如葡萄酒
傾倒在你的沙場

天河畔

你眼中藏著複數的小月亮
你移動著，一行金箔像這個下午
果敢的記憶：
你的手腕擱在一疊紙上
你的膝蓋如此靠近
你的外套是炭筆畫

如何可以不墜落
檸檬鬆手，從枝頭垂擊直中
如何我就知道

我的錯覺是我的真實——
那些雨難道不是天河的蘆葦
那欄杆，傍著風，升起的難道
不是你肺腑中的游龍
無鱗，微香，不可以捕捉

我驚動了你嗎或者
是你看我暈眩降落
誤以為那月亮就是
月台，誤以為你的視線
是遲疑的筆，把我在紙上圈出來
像一個窒礙的翻譯詞

有時候我們飲酒

使血中生出蜜
你示我以懸崖上的金鳳花，蒼蘚與
碎冰。有時候你笑
使我失重，彷彿煉仙

二〇一〇．十．廿二～廿三　作
二〇一〇．十．廿三　一改
二〇一〇．十．廿四　二改

旅次

越過窗外暗雲湧動的天空
我正列車向南，你正起床
也許我們視線中都排列著
陳年的電桿，電桿上，一隻大捲尾
啄食空氣中的雨粒

越過窗外暗雲湧動的天空
列車風景拉長到永遠，然後粉逝
河畔綠地淒清
招牌，橋墩，起重機的聚散處，

好像我真準備和什麼人私奔
然而，你剛剛梳好頭髮
翻箱倒櫃找一雙乾淨的襪子

越過窗外暗雲湧動的天空
前方車燈閃爍，遠處是無窮的
無人的廣廈
野生紫牽牛意圖綑綁一面鐵皮牆
這施工中的世界，泥沙揚起
哦紛紛的髒污的雪——

你正挾著一本書邁出捷運站
轉過那一片紅磚與市井
我知道我正行經一處斷橋

我知道你並不會在傷口那裏等我

二〇一〇・十・廿六　赴清大途中作
二〇一〇・十・廿六　一改
二〇一〇・十一・三　二改

歸程

樓梯間燈亮如清水
一點點灰塵在牆角移動
我一個人回來，壁虎為我前引
彷彿淪陷許久以後
鬼魂歸返舊址
扶手上仍掛著那年的傘

窗外有秋日的涼薄
搖落了細葉子有金色的
過敏般的悲哀

這巷子莫非就是
一隻不作用的耳朵的裡面
那麼靜，那麼忍受，
那麼可以聽
清楚它自己

那年的傘上還有那年的雨嗎
那些灰塵是峰頂的
還是馬路上的？
我不信永劫
可是我又回到同一個夜晚
你正走過我窗下
像逡巡的兵，臉上從不好奇
這護衛如此冷淡
像護衛一只玩具

我們的花樣年華 一

忘了十二星座的序列，我看見
你的老靈魂黯然垂下翅膀
羽毛們因為太接近太陽
而捲曲，而融化，墜落的速度
和城市結冰的頻率
相彷彿

你如何跋涉過
層峰迭起的知識或被拉直而
不斷延長的現實？一千種乏味的

上班路線和二十年緘默的旅行
肩膀上是夢的淤痕
手指磨礪太多意象而粗糙
你的眼睛是濕潤的吧，就像
雨季剛過的城鎮，每一處積水都蘊藏
雲的奧義

我就注視著你坐在對岸
想靠近，想敞開，何況時間的蚱蜢舟
只能承載文明啟始的第一道光
來不及繫纜，來不及擁抱
整座銀河都朝著我的方向傾斜了
你跟著我的時針，還是逆向
如一尾遺失了地圖的鮭魚？

或者我才是那濺起之後
拒絕落下的水滴
和引力抗辯，和死亡對質
不敢翻開被你重新裝訂過後的自己

我可以愛嗎？這一切都是因為詩的魔法
將你拘禁，我是脫掉了戰甲的雅典娜
比宙斯更高的額頭啊
靈的關卡，肉身的摧折
我們怎能在冬天追索花香，在未撤退的洪水之上
辨認心中每一幢腫脹的屋宇？

二〇〇〇．十二．十一

我們的花樣年華 二

那麼我終究是越過了你的額頭，我的愛人
我的父兄。

如同末日才要引燃的森林
僭越了魔鬼的位置
我甚至不知道如何向你要回面具
第一匹逃出的獨角馬，第一朵趕在
死亡之前談完戀愛的玫瑰
我烈焰的手指可曾剝下你心上的石灰？
你感到痛，或者流下秘密的血

歃字為盟的儀式裡，我取出匕首
讓你看見我變成一滴未融的霞色拋向
宿命的銅杯

我們且在盯視著螢幕而怔忡的夜晚
錄製老靈魂咬著指甲，搜索身體每一個房間
來來回回的腳步。難以成眠，難以放棄
掌中握著華髮早生
江水侵蝕臟腑的皺紋
有多久了轉頭不去看所有的數字
時間的鞭尾打熄我們取暖的燈，煙煤紛飛
會窒息正在春天的諾曼第登陸的
一萬首年少的歌

我甚至不確定。我的父兄
難道我們不曾牽手，不曾因為瞥見
島嶼漂浮的鬚根而恐懼，而會心？
回到明亮的餐桌前，你的刀叉沾染火的體味
細心切割，且憂鬱地咀嚼
沿著期待的紋理我再一次進入
愛從傷縫裡迸出汁液，結痂，拒絕痊癒
僅僅在你擬態為詩的聲音中
便能高潮

「他們是怎麼開始的？」整座星系傳說著
一則不知去向的神話

二〇〇〇．十二．十一

我們的花樣年華　三

懸空的掌啊，我多麼想
讓它往上升幾個音階，就能
牢牢攀住你寫詩時候全身向液都暴動的
右邊手臂

我靠近你，大氣在峽谷間緊繃
幻想詩人與詩人擦撞的核爆該會有
怎麼斑斕巨大的蕈狀雲
輻射線遠達記憶和冥夢之境
凡流動的必將石化，凡不放下不甘心者

均將破蛹成字，去建立
金色的秩序

為了愛。你說
我們從書本謫降人間
穿過塞車的知識，徬徨左右的意義
在記取與忘卻的平交道前
等待時間如列車劃開寂靜歷史
整個城市的雨啊等不及我的暗號
如瞬間拆卸的佈景，轟然墜地
我們起身，咖啡店的燈跟著離開的腳步
一盞盞滅去。突然我也沒有了速度
不敢說，不敢向前親吻
你染霧的鬢

你看，我們滑行過地底
彷彿還有樂團、煙火和人群的遺跡
一張張桌椅如此整齊，海顏色的桌布風平浪靜
我多麼想拉住你：讓我們坐下來吧
跟衰颯的文明一起死去
電影已經散場，情感的票根
還有沒有保存的必要？

微笑，像一尾受傷的蛇
只有自己才能聽見，自己在身體裡
扣下板機

槍聲凝結在夢境裡
又是黎明，又是一個黑色的輪迴

二〇〇〇・十二・十三

雙生

我在你的現場

按照顏色排列的詩集
一百年沒有回的讀者來信
大衣上結了霜，門閂生苔痕
你的階梯還清楚印著
我上輩子的足跡

墨水瓶裡的鮮血乾涸
筆為詩折腰，書為遲來的一雙手
在高架上自焚於塵埃
你去哪裡了呢

按下的琴鍵剛剛彈起
孤單的音還迴盪在顫抖的紙張

窗外的雨刮完了鬍子
你也許縮小了，飛走了，
像蒲公英，像散開的花的眼神
落在某個角落又變成含羞草
等待誰帶著潮濕的手指
一觸，世界倏地關閉
惟愛情打開了天窗

我悄悄立在你寫出來的小徑上
落葉，星星，一百萬種魔術的鳥
顏色和鳴聲還沒鏈結完成

你已經拉上命運的門
隱遁到鬧市之中

二〇〇〇・十二・卅一

時間從不理會我們的美好

讓自己沿著河流打開
彷彿一本經書
薔薇色鎧甲之中層層疊疊
向你說三萬六千法
不住不壞的金剛愛情

怎樣才算是不寂寞呢
我們美好得連神都忌妒
伸出食指，打散彼此的星系
再也不能做愛，再也不能

分娩強健的意象
眼前一片漆黑
你的電腦和我的青春一同當機
唯有眼淚還不死心地
浸濕夢的台地

我們彼此安慰
以為幸福不過如此
湖心草深長，一千尾聽法的魚們
都已經修練完成了
我們還躑躅著，輕輕
扔一塊石頭，又被漣漪驚醒
是夜我們各自嘔血數升

金陵一場煙霧，還有什麼樣的江湖
可以讓我們闖蕩？
彷彿背對背站在捷運月台
說了一萬次再見
列車始終沒來

菩提本無樹。你翻開我
還是拂下了一身的塵埃

二〇〇一．一．十

霧季，請小心行駛

車速九十五，我從司機
右後方窺看燈光滑過儀表板
駕駛的神情極小心
剛剛經過你的市鎮
藤蔓草和殘留的雨水
白線在車輪下一節節消逝
頭髮有惺忪的神色
時間窸窣的穿越
你的體味
我自短暫的旅程中歸來

曾經，你在隆冬呵暖了手指
慢慢敲出我們的身世
那是霧，在追趕中散開
告別的時刻又聚攏
你的溫度又跟過來了
跟過來了像魅祟的鬼魂
我在窗玻璃上畫下熟悉的句子
再呵一口氣，你的眼神
又蕩漾至八方去
彷彿從未來過

我已經來過千萬次
你的市鎮如夢中地圖般
迎著雨霧展開在掌心

我記得的，我寫過
這裡的地址。長長的
像是經過一輩子的叩問與尋找
在感情巷弄中愈彎愈深
才能到達的一扇門
我們多麼謹慎啊，怕一個魯莽
就撞碎大霧中的橋樑

而我恍惚看見
你在門後塗塗改改一個句子
太專注了，未必能夠感覺
我就攀著窗口
只要你一聲咳嗽
便會羞赧地消融在夜色裡

二〇〇一·三·十九

記載

你們堅守繆思嚴謹的律法
無悔地面對終點。
——葉慈寫給詹森．萊諾的〈The Grey Rock〉

當暴雨季開拔了八百哩
我們乞求唯一之身形
比如以黃金鑄造額頭，以銅冶煉眼神
荷載時刻能夠無限承受的一副肩膀
誰也不能冒充這美好的名姓
天秤兩端，我們是

等重的鐵與棉花

那高置在雲端的
何止是千百次輪迴
不斷互換的靈魂尺碼？
附身於花朵，附身於水
一陣雲霧來了，車聲過處
徒留不知道該往哪裡避雨的兩雙足印

跟隨著你的當然是我
愛的符鎮，文字的咒降
散盡魂魄仍然不足以替你壓住
滿屋子裡振翅欲飛的
你睡前的詩意。

當然，你就是我
在同一條河道裡擁擠前行
變化為泥，或修煉成魚
唯有我才記得住
每一次沉下和躍出的速度

我們儼然是大戰後僅存的
兩名垂老的祭司
遵循著同一個神祇的法律
冬天的時候被風雪書寫
夏天來了，就躲到彼此的腦子裡
臨摹幻想中的極地
企鵝咳嗽著，一萬隻海獅用長牙寫信

卻沒有人能翻譯我們神秘的言語

二〇〇一・三・三十一

冬戀

城鎮邊陲，小孩在窗上呵氣
伸手擦去整個冬天的霧
一條小路指向黃昏樹林
那裡，有兩個人影
紅色是我藍色是你

我們穿著大衣
撿拾落下的樺樹枝，準備
回到詩的開頭
重新生火

烘暖被凍僵的馴鹿
牠們白色的茸角
還掛著我們脫下來的毛線手套

雪不知道甚麼時候停了
最寒冷的時候，你把我摺起來
像一方小小的手帕
放在胸前的口袋
跟著心跳聲慢慢睡著
如果還睡不著，你會耐著性子
說些波浪結凍成小丘
鯨魚全都在深海底垂釣
忘了開走的小船都感冒了的故事

霧氣又慢慢地聚攏
星星升起來，小孩卻睡著了
闔上童話故事書
他並沒有發現
一縷自手套上綻脫的線
悄悄垂到了書頁外

二〇〇一．二．五

後記：朋友寫信來，說「把窗戶挪移到有馴鹿那個方向在那裡，我是大雪裡一個小小的白斑點等你將我辨識出來」，遂有詩。

涉渡者

撩起煙霧的衣襬
我跟著整座黃昏一起渡河
時間非常湍急
兩岸樹木羅列如環伺的人們
太多耳語的落葉讓人分心

已經更靠近你了
即使靈魂上了岸，而身體的足踝
卻陷沒在深邃的泥層裡
我將進入你的領土

踩過燃燒的喉結和鬍碴
焦慮使整個世界都鬆開了衣領

我能夠感應什麼呢？
你即將湧出的咳嗽聲
或是被各種消息震動的肩膀
眼淚割開視線，隔夜就變成皺紋
深淵之下，流動著我們下一輩子的基因
而那些曾經悲傷，猜疑，幻想過的
關於真理和美的航線
也許將被勾勒在古老的地圖上
成為魚群回溯的指南

最後的步伐，是否

將隨著決堤和改道而被遺忘？
暴雨過後，河水高漲過胸口
當城市完全滅頂
還有誰替我們打撈五官？

二〇〇一．三．廿八

在北京致詩人某

幾百年了
這雪落了這麼久
卻連一片殷紅的屋瓦都沒有蓋住
我觸摸樹葉，想像遙遠島嶼
總是夾層在綠意間的陽光
呼吸之際，霜花就融去
手指端是沒有脈搏的寒冷

古城中央，街頭還有情侶散步
堅冰都剷起

井然地，堆放於人行道上
幾次停下來游望四周
人民大會堂白色塔尖如沉默的眼
最多的是解放軍和公安
我從黑色和綠色的制服中
渴望能一睹暗夜裡的
一點隱密的火光

隱隱有雷聲。遙遠
一簇煙火上升又跌落
另一簇繼起，多像永不凋謝的噴泉
我知道你若在身邊
會輕輕斥責；這意象太陳舊了
我必然急急忙忙地又換一個

彷彿一個在接龍遊戲裡
絕不輕易認輸的孩童
也許我會堅持：確實是漂浮的溫泉啊
冬日裡的花火陣
幻滅的綻放，徒留嘆息的消失
當中還有什麼樣的隱喻罷

這又是我想得太多了
路邊的高牆裡不知是什麼
早晨，我曾經以觀光客之姿態
穿越那些名字古典的胡同
彎彎曲曲，一段糾纏的歷史
戴著毛氈帽的老人蹲在門口使勁地吸菸
門楣下有「革命」的紅紙

一隻野狗奔過，幾聲婦女的嚴叱
腐朽的門閂垂掛在一旁
滿地黃葉從宋朝就堆積到現在了
我想起老舍，巴金，或者張藝謀
然而這些或許也是不相干的

胡同之外，幾哩遠
就是筆直的大路和洋人肖像的廣告看板
高樓們把守著大部分外來的眼睛
這是新年，我看見許多
穿戴著鮮紅衣服的市民
我看見台商的店鋪，
看見緊閉休息的新華書店
是否還有我應該看見而被摺疊在

經線與緯線之外的？

穿好了十一大張的信
卻沒有完成一首詩
京城下雪，雪沉澱在書本和腳底
沉澱在我們讀過的字句裡
應該要怎麼樣才能完整記住
北風捲起沙和雪
幾乎要吹掉五官的勁道？
傳說都已經剝落，宛如博物館內
一隻靜靜的玉如意
只能搔爬著玻璃櫃凝冰的時光
帶著寒冷記憶歸來

卻始終存放在行李箱裡
不敢讓你聞見
內心的大雪浸熄了煙火的焦味

二〇〇一・四・廿五

木瓜詩

投我以木瓜，報之以瓊琚。

——〈詩經衛風・木瓜〉

像松針穿過月光的織物
聽見纖維讓開了道路
從小小的孔隙
折下小小一片你的笑
整個黃昏就打翻了牛奶一樣的
光滑起來

夏天是你的季節呢
山脈似的背鰭展開了我知道
有鼓脹的果實在行軍

我呢焦躁難安地徘徊此岸
拉扯相思樹遮掩赤裸的思維
感覺身體裡充滿鱗片
波浪向我移植骨髓
風刺刺地來了
線條洶湧，山也有海的基因

木瓜已經向你擲去了

此刻我神情鮮豔

億萬條微血管都酗了酒
等待你游牧著緘默而孤獨的螢火
向這裡徐徐而來

二〇〇〇・五・廿一

後記

致孤獨燦爛不後悔的那些

楊佳嫻

金烏，太陽的精魂。神話裡描述是三足烏鴉，共十隻，由母親羲和御車載之，輪流值日。後來只剩下一隻了，其他全被后羿射落。

小時候讀兒童神話讀物，先是嚮往於金烏們日落後一起洗澡的可愛畫面，後是震懾於牠們接連被射落的殺戮異景，竟忘了設想：母親羲和的心情如何？金烏們被射中，摔落在哪個山谷或海洋？太陽也有血肉，也會痛嗎？

尤其是，最末那隻金烏，是否因為死亡事件而震悚？牠是否仍懷著難遺的悲懷，日復一日，炙烤著我們薄脆的心？

*

我喜歡金色。可以盛大，比如克林姆（Gustav Klimt）的諸多畫作，金色大片大片地用上去，太豪華了，太多了，水一樣溢出來。也可以隱約閃爍，比如惠斯勒（James McNeill Whistler）的《黑色與金色的夜曲》（*Nocturne in Black and Gold*）和《藍色與金色的夜曲》（*Nocturne in Blue and Gold*），金粉翩然灑落，晚雲環繞的風景，隱約的煙火與閃電。孤獨的，最後的金烏。日復一日燦爛，夏日的逼燒，冬日的微暖。離開神話時代那麼久了，百年千年，都還不足抵牠一生一世，是否所有的時間長度在牠看來，都不過指顧之間？牠的內心或許還照顧著最初的傷痕，最熱最亮的日子裡，我就想那是傷痕裡泉湧而出的金色。

*

《金烏》以十年前我的第一本詩集《屏息的文明》為底本，削減了十首舊作，添入十七首近三年的新作，並把這些詩作打散，重新編排。從前的第一首是〈木瓜詩〉，這次挪到全書最後，像壓箱信物一樣，象徵不變的核心——對至美的強烈傾慕。這種傾慕，使人如溺於蜜的幼蝶，暗金色的死；久了，平靜了，又像是一縷煙，一組樂音，輾轉迢遞，低調證明力量。

寫作本來就是時間的幻術，文學作品裡，關於時間的金句特別多。比如張愛玲的說法：「日子過得真快，尤其對於中年以後的人，十年八年都好像是指顧間的事。可是對於年輕人，三年五載就可以是一生一世。」青春早已過期，中年腆然在望，從《屏息的文明》到《金烏》，日子過得真快，十年確實沒有想像中那麼長。可是，十年裡確實也發生了那麼多事，發黑死掉那樣的恨，直抵地心的墜落，懸空著格外感受肉身的腐重，被美欺騙，瓷器般的自尊毀裂在地時割傷的還是自己的腳。

素來有所謂寫作療癒之說。我認為因人而異。傷害並不是全部都可以變成詩，寫成詩的，也不表示都過去了，都昇華了。詩是我最珍貴，不值得愛的不值得寫成詩。可是一旦寫了，永不後悔。可能對愛後悔，但是不可以對詩後悔。

我愛讀40

金烏

作者　楊佳嫻
攝影　李政暐

副社長　陳瀅如
責任編輯　陳瀅如（二版）、陳瓊如（初版）
行銷企畫　陳雅雯、趙鴻祐、張詠晶、張偉豪
裝幀設計　黃暐鵬
內文排版　Sunline Design
印刷　前進彩藝有限公司

出版　木馬文化事業股份有限公司
發行　遠足文化事業股份有限公司（讀書共和國出版集團）
地址　231023新北市新店區民權路108-4號8樓
電話　02-2218-1417
傳真　02-2218-0727
客服信箱　service@bookrep.com.tw
客服專線　0800-221-029
郵撥帳號　19588272木馬文化事業股份有限公司
法律顧問　華洋法律事務所蘇文生律師

初版一刷　2013年11月
二版一刷　2024年9月
二版二刷　2024年11月
定價　NT$400
ISBN　978-626-314-755-3（平裝）、978-626-314-756-0（EPUB）

國家圖書館出版品預行編目（CIP）資料

金烏：楊佳嫻詩集 / 楊佳嫻作. -- 二版. -- 新北市：木馬文化事業股份有限公司出版：遠足文化事業股份有限公司發行, 2024.09
240面；15×21公分. -- (我愛讀；40)
ISBN 978-626-314-755-3(平裝)

863.51 113013948